CB020307

Título original: *Divinas: Mitología, poder y energía femenina*

PUBLISHER Anderson Cavalcante
EDITORA Diana Szylit
EDITOR-ASSISTENTE Nestor Turano Jr.
ANALISTA EDITORIAL Érika Tamashiro
PREPARAÇÃO Gabriela Müller
REVISÃO Natália Mori e Carolina Manabe Pasetti
PROJETO GRÁFICO Estúdio Grifo
ASSISTENTE DE DESIGN Júlia França
IMAGENS DE CAPA E MIOLO Naranjalidad

Nesta edição, respeitou-se o novo
Acordo Ortográfico da Língua Portuguesa.

Dados Internacionais de Catalogação na Publicação (CIP)
(Câmara Brasileira do Livro, SP, Brasil)

Morales, Andrea D.
Divinas: Mitologia, poder e energia feminina/
Andrea D. Morales; ilustrado por Naranjalidad;
tradução de Diana Margarita Sorgato dos Santos.
1ª ed. São Paulo: Buzz Editora, 2024
144 pp.

ISBN 978-65-5393-356-9

1. Deusas 2. Feminino 3. Mitologia 4. Mulheres 5. Sagrado
feminino I. Naranjalidad. II. Título.

24-216489	CDD 291.2114

Elaborado por Tábata Alves da Silva   CRB-8/9253

Índice para catálogo sistemático:
1. Deusas femininas: Religião 291.2114

Todos os direitos reservados à:
Buzz Editora Ltda.
Av. Paulista, 726, Mezanino
CEP 01310-100, São Paulo, SP
[55 11] 4171 2317
www.buzzeditora.com.br

ANDREA D. MORALES
ilustrado por Naranjalidad

DIVINAS

MITOLOGIA, PODER E ENERGIA FEMININA

Tradução
Diana Margarita Sorgato dos Santos

INTRODUÇÃO

Querida leitora,

Os mitos são histórias muito antigas. Eles existem desde que homens e mulheres começaram a caminhar pela terra, quando não tinham consciência do que realmente acontecia ao seu redor.

Naquele tempo, ainda não sabiam o motivo pelo qual os raios caíam e os trovões rugiam, ou por que o inverno era uma época tão dura e cruel, em que os frutos não cresciam, e o frio e a neve cobriam tudo.

Eles também não sabiam para onde iam seus entes queridos quando morriam, ou como era possível que a lua e o sol nunca se tocassem no céu.

Imagine como deve ser horrível não entender nada, pois aquilo que não compreendemos costuma nos causar muito medo e rejeição.

Conhecimento é poder.

Foi assim que surgiram as deusas e os deuses, e a humanidade encontrou neles as respostas que tanto procurava.

Existem divindades para todas as mitologias, para todos os gostos e cores. Algumas são bastante parecidas; outras, entretanto, variam muito dependendo da cultura.

Para os gregos antigos, por exemplo, Zeus era o deus principal, governava o céu e tinha poder sobre os raios. Então, quando uma tempestade irrompia, escurecendo o céu e provocando raios e trovões, eles pensavam que era porque Zeus estava zangado.

Os sumérios e os acadianos acreditavam que o inverno era tão cruel e impiedoso porque demônios tinham arrastado para o inferno o deus da vegetação e da fertilidade, o deus pastor Nergal, deixando os campos secos e definhados.

Os escandinavos acreditavam que, quando morressem, poderiam ir para três lugares: Helheim, Valhalla e Fólkvangr.

E os japoneses acreditavam que a deusa do sol e o deus da lua não voltaram a se reunir no céu desde que ele a decepcionou, e ela decidiu se separar do marido para todo o sempre.

Esses relatos mitológicos não somente ofereciam as respostas que a humanidade tanto precisava, mas também entretinham crianças e adultos: afinal, os mitos são histórias divertidas e fascinantes, em que os deuses vivem grandes aventuras, enfrentam seus inimigos, apaixonam-se, transformam-se em animais e fazem uso da magia.

No entanto, toda história guarda uma mensagem. Os mitos ensinam, assim como o conto da chapeuzinho vermelho nos ensina que não devemos nos afastar do caminho nem confiar no lobo feroz.

É por isso que este livro é para você.

Caso alguém diga que você deve ficar quieta, que você deve se sentar e ficar calada; que você deve estar sempre bem-vestida, bonita e limpa e ser obediente, porque as meninas e as mulheres não podem falar, muito menos correr e sujar a roupa; lembre-se da deusa Ártemis, que corre pelas florestas, armada com seu arco e suas flechas. Porque ser livre é o que torna você verdadeiramente bonita.

Este livro é para você.

Caso um dia um homem minta para você, caso ele prometa amá-la, mas depois não o faça, caso ele a trate mal e a humilhe, lembre-se da deusa Sedna. A culpa nunca será sua. Repita comigo: *a culpa nunca será minha.*

Este livro é para você.

Caso você tenha que decidir entre o amor e sua felicidade, pois às vezes essas opções não seguem o mesmo caminho, lembre-se de Skadi. Você sempre será mais importante. Você vem em primeiro lugar. Você é a pessoa com quem passará o resto da vida, por isso deve escolher ser feliz consigo mesma. Ame a si mesma.

Este livro é para você.

Caso um dia você precise se trancar em seu quarto e fugir dos problemas, caso precise fugir para um lugar seguro porque algo a machucou, lembre-se da deusa Amaterasu. É sempre bom reservar um tempo para descansar, pensar e chorar; isso não torna você mais fraca. Você pode se recuperar tranquilamente. Mas, então, precisa se levantar e sair do seu refúgio. Só assim você brilhará novamente.

E este livro é para você.

Para que você seja justa, como a deusa Tuéris, e saiba qual causa deve defender.

Para que você seja feroz, como Morrigan, mas também honesta.

Para que você sempre demonstre sua inteligência e não sinta vergonha dela, como Minerva.

E para que você seja boa e honrada, como Coatlicue.

> Embora os mitos possam ser histórias muito, muito antigas, todos sobrevivem por uma razão: para olhar para o futuro, você precisa entender o passado.

Espero que estas histórias sejam seu espelho e que estas doze deusas lhe mostrem tudo o que você pode ser.

Uma mulher poderosa.

ÁRTEMIS

A CAÇADORA

Na pequena ilha de Delos, lá no mar Egeu, nasceu uma menina, a quem deram o nome de Ártemis.

Ela era filha do deus dos deuses, Zeus. Como rei do céu e possuidor do trovão, Zeus era uma divindade rigorosa que governava com dureza o monte Olimpo, o lar de todas as divindades, localizado na montanha mais alta da Grécia. Por esse motivo, os doze deuses mais importantes do panteão grego são conhecidos como deuses olímpicos.

Zeus acumulava aventuras amorosas e descendência. Suas conquistas incluíam de deusas a jovens mortais. Muitas dessas relações não eram consentidas, pois ele assediava as moças, perseguia-as e as submetia à força, até mesmo as enganava e depois as violentava. Hera, sua esposa e irmã, sentia-se traída por tantos enganos e frequentemente se enfurecia.

Entre todos esses filhos indesejados, estava Ártemis.

A mãe de Ártemis era Leto, filha dos titãs Céos e Febe. Os titãs eram seres muito antigos que dominaram o mundo antes dos deuses, quando Cronos ostentava o poder. Após a grande guerra que eclodiu entre deuses e titãs pelo controle do Olimpo, Cronos foi expulso do trono. Ele e os Titãs foram aprisionados no Tártaro, um lugar no mundo inferior do qual nunca conseguiriam fugir.

Leto estava grávida de duas crianças: Ártemis e Apolo, a deusa da lua e o deus do sol, respectivamente. Como Ártemis nasceu primeiro, ela ajudou a mãe a trazer ao mundo o irmão menor, mas ver as dores do parto lhe causou tanto impacto que prometeu permanecer virgem para sempre, pois só assim se veria livre daquele sofrimento.

Assim, Ártemis se tornou protetora das crianças e dos filhotes e parteira de todas as mulheres grávidas.

Ártemis nunca quis viver no Olimpo com os outros deuses. Desde criança gostava da natureza, das florestas, de correr com os animais, de tomar banho nos rios e de caçar. Só assim ela se sentia completamente livre. Por isso, ainda muito jovem, pediu ao pai que não lhe desse nenhuma cidade que a adorasse, algo que seus outros irmãos divinos, sim, tinham.

Zeus se entristeceu, mas atendeu seu desejo. Ele permitiu que ela deixasse o monte Olimpo para que fosse feliz, reinasse em terras selvagens e se cercasse de animais. Deu-lhe um arco e flechas e a nomeou deusa da caça.

Preocupado com o fato de Ártemis se sentir sozinha na floresta e de precisar de ajuda para cuidar dos cães de caça, ele insistiu que ela levasse companhia. Escolheu sessenta ninfas de nove anos, filhas do oceano, e vinte ninfas amnisíades.

As ninfas eram divindades menores, espíritos que viviam na natureza — nas profundezas dos oceanos e rios, nas montanhas e florestas ou no interior de cavernas e árvores. Eram meninas jovens e bonitas, porque nunca envelheciam, embora não fossem imortais. Acompanhavam os deuses principais, com os quais teciam, cantavam, dançavam e caçavam.

Ártemis aceitou suas novas companheiras. Eram perfeitas para ela, já que compartilhavam os mesmos gostos. No entanto, ela as fez prometer duas coisas: que sempre a obedeceriam e que seguiriam seu exemplo de castidade.

Pela manhã, Ártemis se dedicava à caça, uma atividade que até então era masculina. Ela era tão boa que as pessoas a chamavam de "a arqueira" e muitos homens a invejavam por isso.

No resto do tempo, ela dividia com o irmão a tarefa de iluminar o mundo dos humanos. Apolo, o deus do sol, levantava-se e iluminava o dia com uma luz dourada, para que os mortais pudessem se levantar e trabalhar. Ártemis, a deusa da lua, aparecia à noite com uma luz prateada. Esse era o momento em que todos iam dormir.

—

Acostumada a viver nas florestas, cercada apenas por feras e por suas companheiras, as ninfas, Ártemis não gostava que os homens se aproximassem dela. Ela fugia constantemente deles e desatava sua fúria contra aqueles que ousavam entrar em seus domínios, como aconteceu com Acteão.

No monte Citerão, existia um lugar natural, frondoso e repleto de pinheiros, dedicado à deusa. Era o vale Gargáfia. Um belo dia, após uma longa caçada, Ártemis parou com suas ninfas para descansar num riacho fresco que atravessava o vale. Exaustas, decidiram tomar banho.

Quando estavam na água, chapinhando e se divertindo, uma das ninfas ouviu barulhos estranhos vindos das árvores, que não pareciam de animal. A ninfa viu um arbusto se mover e descobriu olhos humanos entre as folhas verdes e os galhos. Ela imediatamente gritou, apavorada.

Ao se virar, Ártemis se deparou com um rapaz. Era Acteão, filho de Aristeu e Autônoe. O jovem havia passado a manhã caçando com seus homens e cães e, ao terminar, distraiu-se enquanto passeava pela floresta, topando com a deusa e suas companheiras.

Furiosa porque um homem as tinha visto nuas sem seu consentimento, Ártemis o puniu. Ela jogou água do rio nele e o transformou num lindo cervo, igual aos que ele caçava. De repente, Acteão tinha longos chifres, orelhas pontudas e um pescoço fino. Ganhou um focinho. Suas pernas e seus braços eram, agora, patas finas, e seu corpo estava coberto de pelos.

Quando os cães de caça sentiram o cheiro do animal, atacaram-no. Acteão tentou lhes dizer que ele era seu amo, mas já não conseguia falar. Os cães não reconheceram o dono e o despedaçaram. E, assim, Acteão passou de caçador a presa.

Todos sabiam que Ártemis se recusava a se apaixonar e se casar, porque havia prometido manter sua virgindade, e as únicas coisas que lhe interessavam eram a caça e os animais: seus verdadeiros amores.

Contudo, ela era uma jovem tão bela e popular que muitos homens desejavam conquistá-la. Para isso, recorriam a diversas artimanhas, o que incomodava Ártemis, que já não sabia como fugir dos homens que a perseguiam e assediavam. É o caso dos Aloídas Oto e Efialtes.

Filhos do deus Poseidon e da mortal Ifimedia, Oto e Efialtes eram gigantes que cresciam mais e mais a cada dia. Mais altos. Mais fortes. Mais agressivos. E isso os tornava terrivelmente perigosos. Ambos estavam apaixonados: Efialtes por Hera, a esposa de Zeus, e Oto, por Ártemis.

Ao completarem nove anos, os gigantes escalaram o monte Olimpo para conquistá-lo, capturarem as deusas e se casarem com elas. Primeiro, capturaram Ares, o deus da guerra, que foi amarrado e mantido preso num barril de bronze durante treze meses. Ares não conseguiu sair dali até ser resgatado por Hermes, o deus mensageiro, que chegou com suas sandálias aladas.

Depois disso, eles tentaram pegar Ártemis. Inteligente como era, ela se transformou num cervo e pulou entre ambos, confundindo-os e fugindo. Os Aloídas, prontos para caçá-la, atiraram as lanças no momento em que ela saltava de um lado para o outro. Assim, Oto e Efialtes atravessaram um ao outro com suas próprias armas e morreram.

—

Ártemis não somente se defendia de seus assediadores, mas também protegia suas companheiras quando os homens as atacavam.

Todos sabiam que Ártemis se recusava a se apaixonar e se casar, porque havia prometido manter sua virgindade, e as únicas coisas que lhe interessavam eram a caça e os animais: seus verdadeiros amores. Contudo, ela era uma jovem tão bela e popular que muitos homens desejavam conquistá-la.

Aretusa, a melhor amiga de Ártemis, era uma ninfa d'água. Um dia, o caçador Alfeu a viu tomando banho num rio e se apaixonou perdidamente por ela. Ao descobri-lo, Aretusa fugiu assustada para a ilha Ortígia. No entanto, Alfeu não queria deixá-la ir embora e a perseguiu até lá, embora já tivesse recebido muitas negativas dela. Desesperada, Aretusa implorou a Ártemis que a livrasse dele. Ao ver a amiga sofrendo, a deusa teve pena dela e a transformou numa linda nascente para que ela pudesse escapar de seu perseguidor. Mas Alfeu foi mais longe: transformou-se num rio para estar sempre perto dela.

Outra jovem a quem Ártemis ajudou foi Ops. Ops nasceu em Hiperbórea e foi violentada por Órion, filho do deus Poseidon com uma das filhas do rei Minos. Ártemis o matou com uma flechada para que ele não pudesse, nunca mais, machucar outra mulher — embora outra versão diga que a deusa convocou um escorpião, que apareceu de repente e picou Órion, matando-o com seu veneno. Por isso, Órion se encontra entre as constelações em forma de escorpião no céu.

**Ártemis era uma deusa vingativa e justa.
Ela punia os homens que agiam com maldade,
mas também todo humano que desafiasse os deuses
e não lhes rendesse homenagens.**

Nessas ocasiões, ela se tornava selvagem e cruel, como a natureza; impiedosa e brutal, como dona das feras que ela era.

Foi o que aconteceu com Níobe.

Níobe era rainha de Tebas e mãe de doze filhos, dos quais sempre se vangloriava, dizendo que eram mais bonitos que os filhos de Leto. Quando Ártemis e Apolo ouviram isso, ficaram muito furiosos, pois aquilo era um insulto à mãe deles.

Indignados, desceram ao mundo dos mortais e procuraram pelos filhos de Níobe. Quando os encontraram, sacaram seus arcos e flechas. Apolo matou os seis meninos; e Ártemis, as seis meninas.

A pobre Níobe chorou inconsolavelmente até se transformar numa nascente que fluía de uma grande rocha.

—

Entre os muitos deuses que participaram da famosa guerra de Troia, a favor dos gregos ou dos troianos, encontramos Ártemis.

Troia era um reino da Ásia Menor governado pelo rei Príamo e os príncipes Heitor e Páris, uns rapazes jovens, fortes e bonitos. Páris, o mais novo, havia se apaixonado por uma linda princesa, Helena, que era casada com o rei de Esparta, Menelau. O amor era correspondido, e uma noite Helena abandonou o marido e fugiu com Páris.

Na manhã seguinte, quando Menelau soube que sua esposa o havia trocado por Páris, ardeu de fúria. Ele convocou todos os reis da Grécia: o inteligente Ulisses, o bravo Aquiles, o grande Agamêmnon e Ajax, entre outros, e os convenceu a viajarem juntos para Troia para resgatar Helena. Os homens partiram para o mar em seus navios, acompanhados por um milhão de guerreiros.

Apolo era o padroeiro de Troia, por isso, sua irmã, Ártemis, também cuidava da cidade e de seus habitantes. No início da guerra, Ártemis fez o vento sumir para impedir que os navios gregos navegassem e chegassem à costa de Troia. Mas foi inútil: a guerra durou dez anos e, nela, morreram muitos homens, alguns tão importantes quanto o príncipe Heitor e Aquiles.

Finalmente, os gregos conseguiram entrar em Troia camuflados no interior de um gigantesco cavalo de madeira, uma artimanha inventada por Ulisses. Ao cair da noite, eles saíram do esconderijo e queimaram e destruíram a cidade, matando muitas pessoas.

Ártemis, Apolo e a mãe de ambos, Leto, ajudaram o herói Eneias a fugir de Troia, que chegaria ao Lácio, onde se casaria com Lavínia e se tornaria o pai do povo romano.

—

Na mitologia grega, é muito fácil reconhecer a deusa Ártemis. Ela sempre é retratada armada com uma aljava cheia de flechas e um arco. Ela anda descalça ou com sandálias leves, usa uma lua na testa como uma faixa e uma túnica que não passa dos joelhos.

Às vezes, suas ninfas a acompanham; outras vezes, um cão de caça ou um cervo branco, pois a ela foram consagrados vários animais, entre eles o cervo e o javali.

COATLICUE

A MÃE

Na mitologia asteca, uma das divindades mais importantes era Coatlicue, a deusa da terra, associada à primavera, quando crescem os frutos e as flores. As mulheres rezavam para ela por seu caráter maternal e lhe reservavam um altar em seus lares, garantindo assim que a deusa mãe as protegesse.

Coatlicue teve muitos filhos, todos deuses estelares.

A primeira a nascer foi Coyolxauhqui, a deusa da lua, cujo nome significa "a enfeitada com sinos". Os próximos filhos foram os deuses das estrelas do sul, chamados Huitznáhuac, que eram quatrocentos irmãos. E, depois, Huitzilopochtli, o deus do sol. O nascimento de Huitzilopochtli, porém, provocou uma terrível batalha na qual toda a família se enfrentou, já que Coyolxauhqui e os Huitznáhuac eram filhos do Céu, enquanto o deus do sol não tinha pai.

Foi assim que aconteceu essa luta entre a noite e o dia: nas montanhas de Coatepec, na cidade de Tollan, vivia Coatlicue. A deusa sofria uma punição: ela devia varrer a serra todos os dias.

Um belo dia, enquanto limpava, ela encontrou uma pena de beija-flor. Pareceu-lhe tão bonita que decidiu guardá-la no peito para não perder. Quando finalmente terminou de varrer, procurou a pena em seu vestido, mas não havia nenhum rastro dela, desaparecera completamente.

Nesse momento, Coatlicue engravidou.

Ao saber do ocorrido, seus filhos se reuniram.

Os deuses das estrelas ficaram furiosos e envergonhados, não podiam acreditar que uma simples pena de beija-flor tivesse engravidado a mãe deles. A deusa da lua, Coyolxauhqui, queria vingança por aquele terrível insulto e propôs matar Coatlicue.

Não demorou muito para que a pobre Coatlicue entendesse o que os filhos estavam tramando; mas, por mais assustada que estivesse, não podia abandonar a montanha de Coatepec.

Os Huitznáhuac e Coyolxauhqui se armaram com espadas, dardos e sinos e subiram a montanha para matar a mãe e o irmão. Mas, quando chegaram ao topo, Coatlicue, que os esperava, sentiu fortes dores de parto e imediatamente nasceu Huitzilopochtli, o deus do sol.

Huitzilopochtli chegou ao mundo com uma coroa feita de penas de beija-flor, as coxas e os braços pintados de azul, e o rosto coberto de listras amarelas.

O deus do sol estava disposto a defender a mãe. Pegou uma cobra de fogo da cordilheira e atacou a irmã com ela, cortando sua cabeça. O corpo dela caiu rolando em pedaços e se perdeu, enquanto a cabeça ficou para sempre na montanha de Coatepec.

Mas Huitzilopochtli ainda não havia vencido: restavam seus quatrocentos irmãos. Ele os perseguiu para expulsá-los da montanha, lutou contra eles e muitos morreram.

Alguns lhe suplicaram que os deixasse fugir, mas o deus do sol estava furioso pelo que tentaram fazer à sua mãe e continuou lutando.

Aqueles que conseguiram sobreviver fugiram de Coatepec e se refugiaram num lugar conhecido como Huitzlampa.

Os Huitznáhuac e Coyolxauhqui
se armaram com espadas, dardos
e sinos e subiram a montanha
para matar a mãe e o irmão.
Mas, quando chegaram ao topo,
Coatlicue, que os esperava,
sentiu fortes dores de parto
e imediatamente nasceu
Huitzilopochtli, o deus do sol.

Para os astecas, essa história reflete a batalha que acontecia todos os dias entre o dia e a noite. Huitzilopochtli sempre vencia: as estrelas paravam de brilhar, a lua se ocultava e o sol nascia, iluminando tudo com sua luz.

—

Coatlicue é representada como uma deusa poderosa e terrível. Parece um monstro, pois sua cabeça é formada por duas serpentes de perfil que olham uma para a outra. Cada uma delas tem uma língua muito comprida e duas presas enormes. As mãos e os pés são de um animal e terminam em garras ferozes.

Ela sempre usa um colar de mãos e corações. E, claro, veste uma saia feita de serpentes: daí o nome dela, que em Nahuatl significa "aquela que usa uma saia de serpentes".

ERESQUIGAL

A RAINHA DA MORTE

Na mitologia suméria-acadiana, havia deusas muito importantes. Uma delas era Eresquigal, a rainha do inferno.

O inferno se chamava Aralu: um espaço enorme, silencioso, escuro, triste e poeirento. Para chegar lá, era preciso atravessar um deserto repleto de bestas ferozes e horríveis demônios e, depois, um rio. Entre suas trevas, erguia-se uma cidade cercada por sete muralhas e, no centro dela, havia um grande palácio conhecido como Irkalla. A residência real era feita de lápis-lazúli, uma pedra preciosa azul brilhante. Nela, moravam Eresquigal e seu marido, o rei consorte.

No inferno, habitavam muitas outras criaturas. Por exemplo, havia os anunnaki, deuses menores, espalhados entre a terra dos mortais e o mundo subterrâneo. Sete deles formavam o tribunal do inferno, que examinava as ações dos homens e os julgava para recompensá-los ou puni-los. Havia também fantasmas e criaturas demoníacas, como Pazuzu ou Lamastu.

Pazuzu era um demônio do vento que os homens temiam muito, pois atraía tempestades e pragas, além de doenças como a peste, a febre e o delírio. Lamastu era um demônio feminino muito perigoso, que sequestrava recém-nascidos para comê-los e beber seu sangue. Quando não levava os bebês, matava-os enquanto dormiam.

Somente aqueles que haviam morrido iam para o inferno e, claro, nenhum deles podia voltar para o mundo dos vivos: eles deviam ficar ali para sempre como castigo. Por isso, esse lugar também era chamado "A terra do não retorno".

A única deusa que conseguiu descer ao inferno e voltar viva foi a irmã de Eresquigal, e o preço foi sacrificar algo muito importante para ela. Tratava-se de Inana, deusa do amor, da beleza, da guerra e da fertilidade — era assim que os sumérios a chamavam, embora os acadianos, os assírios e os babilônios a conhecessem como Istar.

—

Inana, uma mulher tão bela quanto caprichosa, certo dia teve vontade de visitar o inferno. Era uma aventura muito perigosa que os deuses proibiriam se descobrissem. Por isso, decidiu não contar para ninguém. Ela confidenciou somente para sua vizir, Ninsubur, que a acompanhou até a entrada do submundo e depois se despediu.

Ao chegar às portas do palácio de lápis-lazúli, Inana gritou bem alto para que abrissem. E gritou com tão maus modos que assustou Neti, o porteiro do palácio. O homem, que não reconheceu a deusa, perguntou-lhe quem era e para onde se dirigia. Inana respondeu que era a rainha do céu e que vinha visitar sua irmã Eresquigal, a deusa do inferno.

Neti avisou Eresquigal, que a deixou entrar, mas com uma condição: Inana só poderia atravessar o inferno se estivesse completamente nua, assim como os humanos que haviam morrido. Como Inana era muito orgulhosa, Eresquigal pensou que ela não aceitaria a condição e que, portanto, nunca entraria no inferno. No entanto, Inana aceitou, e, no primeiro portão, levaram sua coroa. No segundo portão, tomaram a vara de lápis-lazúli que tinha na mão. No terceiro portão, pegaram um colar de pequenas pedras de lápis-lazúli. No quarto, uma fileira dupla de pedras preciosas que ela usava no peito. No quinto, um anel de ouro. No sexto, um peitoral de proteção. E, no sétimo e último portão, despojaram-na do manto que usava sobre as costas.

Os deuses não podiam descer ao inferno, já que isso perturbava a ordem do universo, e Inana fez isso por um simples capricho, comportando-se como uma criança pequena. Agora, todos estavam em perigo por culpa dela.

Eresquigal olhou para a irmã com tanta raiva e ódio que isso a matou.

Quando descobriram o que havia acontecido, os deuses enviaram alguém para o inferno para recolher o corpo da deusa e ressuscitá-la. Uma vez que Inana voltou dos mortos, a vida ressurgiu e voltaram a nascer crianças e animais.

Mas Eresquigal era muito rigorosa em seu reino e não podia simplesmente deixar a irmã partir, porque ninguém que tivesse chegado ao inferno poderia abandoná-lo sem motivo. Ela avisou que, para retornar à terra, Inana deveria encontrar uma pessoa que a substituísse no submundo, e ela escolheu seu marido, Dumuzi, o deus da vegetação, da agricultura e da fertilidade.

Alguns demônios terríveis enviados por Eresquigal seguiram Inana até a terra e, uma vez lá, agarraram Dumuzi pelas pernas e o arrastaram para o inferno enquanto ele chorava e chorava. Inana sentiu pena do marido e pediu para Eresquigal um último favor: que Dumuzi vivesse apenas seis meses no inferno. Os outros seis seriam assumidos pela irmã dele, Guestinana, para que Inana pudesse passar metade do ano com o marido.

Eresquigal só queria que as regras fossem cumpridas e que alguém ocupasse o lugar da irmã no submundo, não importava quem fosse. Assim, aceitou o acordo.

A partir de então, Dumuzi permaneceria lá durante o outono e o inverno. É por isso que a terra fica tão triste e cinzenta durante essas estações, esperando o retorno do deus pastor.

—

Embora Eresquigal fosse a deusa da morte, da melancolia e das trevas, ela não gostava que o caos reinasse. Governava com autoridade e justiça, e suas ordens sempre deviam ser acatadas. Ela era tão poderosa quanto bela, e dizia-se que se parecia com sua irmã Inana, deusa da beleza, pois eram gêmeas.

Eresquigal se casou duas vezes. Seu primeiro marido foi Gugalana, soberano do céu. O segundo foi Nergal, o deus da guerra e das epidemias. Mas o casamento de Eresquigal e Nergal não foi fácil no início, porque ele era muito violento.

Os deuses do céu decidiram realizar um banquete para todas as divindades, o que era impossível, pois os deuses não tinham permissão para descer ao inferno, onde morava Eresquigal, e ela não podia subir ao céu, onde estavam os outros. Por isso, a deusa da morte não foi convidada. A única solução era que Eresquigal enviasse um membro do seu reino ao banquete para buscar sua comida e levá-la para o inferno. E assim se fez.

Eresquigal enviou seu vizir, Nantar, e, quando ele chegou ao céu, todos lhe deram as boas-vindas e lhe ofereceram comida. Houve somente um deus que se recusou a se levantar e cumprimentá-lo: Nergal. Nantar considerou isso um insulto. Ao retornar para o submundo, contou à sua senhora o que havia acontecido. Indignada e ferida em seu orgulho, Eresquigal ficou com tanta raiva que quis punir Nergal. Para isso, ela ordenou que ele descesse ao inferno e se apresentasse diante dela. Só assim ela poderia matá-lo.

Nergal aceitou o convite, mas, antes de partir, os deuses do céu advertiram-no de que aquele era um lugar muito perigoso e que Eresquigal era uma mulher inteligente. Recomendaram-lhe que não aceitasse um assento no mundo dos mortos; também não deveria lavar os pés, nem comer ou beber ali. E, claro, ele não deveria se apaixonar pela bela deusa.

Embora Eresquigal fosse
a deusa da morte, da melancolia
e da escuridão, ela não gostava que
o caos reinasse. Governava com
autoridade e justiça, e suas ordens
sempre deviam ser acatadas.
Ela era tão poderosa quanto bela,
e dizia-se que se parecia com sua
irmã Inana, deusa da beleza,
pois eram gêmeas.

A viagem ao submundo foi longa e extenuante, Nergal chegou cansado, faminto e sedento. Queria se deitar numa cama macia, beber água refrescante e comer tranquilamente. Ao vê-lo assim, Eresquigal lhe ofereceu assento, mas Nergal se lembrou das advertências dos deuses do céu e permaneceu em pé.

Eresquigal pediu que trouxessem comida e bebida para seu convidado. O estômago de Nergal roncava e sua boca salivava, mas novamente ele se lembrou dos deuses no céu e se recusou a comer ou beber.

A deusa do inferno prometeu que lavaria seus pés para que pudesse descansar. Mas, novamente, Nergal recusou.

Eresquigal só tinha uma opção: fazê-lo se apaixonar. Ela se despiu na frente dele para tomar banho numa lagoa, e Nergal a achou tão bela que a beijou subitamente. Eles passaram seis dias e sete noites juntos. No sétimo dia, Nergal deixou o inferno.

Quando Eresquigal percebeu que seu amado a havia abandonado sem se despedir, ela chorou e chorou.

Ela estava tão triste e desesperada que chamou os deuses do céu e os ameaçou.

Ela os advertiu de que Nergal deveria retornar ao inferno, caso contrário, ela enviaria todos os mortos à terra para que semeassem o caos.

Assustados, os deuses do céu convenceram Nergal a viajar novamente para o inferno.

Nergal atravessou o vasto deserto e navegou pelo lago. Depois, destruiu os sete portões das sete muralhas e visitou o palácio de Irkalla, onde Eresquigal o esperava sentada em seu grande trono.

A deusa estava maravilhada por tê-lo ali com ela, mas o deus da guerra estava furioso porque o haviam forçado a voltar.

Nergal era tão violento que se aproximou de Eresquigal, agarrou-a pelos cabelos e a arrastou para cortar sua cabeça. Eresquigal gritou: ela não esperava que o homem que amava quisesse matá-la, mas estava tão apaixonada que o perdoou, confessou seu amor e pediu que ele se casasse com ela. Nergal aceitou.

Desde então, eles governam Aralu juntos. Ela como rainha do inferno, e ele como rei consorte.

SARASVATI

FILHA E ESPOSA

Sarasvati é uma das deusas do hinduísmo, religião amplamente praticada no sul da Ásia, especialmente na Índia e no Nepal.

Originalmente, ela era simplesmente uma deusa do rio, já que seu nome significa "a aquática" ou "aquela que flui com a água". Na Índia, existem dois rios muito importantes: um deles é o Drisadvati e o outro tem o mesmo nome da divindade, Sarasvati. Nas margens de ambos os rios, eram realizados sacrifícios em homenagem a Sarasvati, a quem se entregavam oferendas para pedir proteção e segurança.

Com o passar dos anos, Sarasvati deixou de ser uma deusa menor e se tornou a deusa da sabedoria, da eloquência e das ciências, bem como a inspiradora das artes. Por ser uma mulher tão inteligente e culta, durante seus muitos estudos a deusa inventou o alfabeto devanágari, que é usado para escrever várias línguas da Índia, como o sânscrito, o sindi e o hindi, entre outras, bem como o nepalês. A palavra devanágari é traduzida como "da cidade divina".

—

Sarasvati é filha do deus Brama, um homem de pele vermelha que teria até cinco cabeças. Como criador do mundo, Brama é a divindade mais importante do hinduísmo.

Quando o universo era escuro e frio, Brama acendeu a luz. A primeira coisa que ele criou foi a água e, nela, plantou uma semente. Dessa semente, surgiu um ovo resplandecente, que cresceu durante mil anos e, passado esse tempo, eclodiu.

Do seu interior, emergiram os continentes, os mares, as montanhas e os planetas. E também os deuses, os demônios e os humanos.

É por isso que Brama é o deus de todos os deuses, o pai dos deuses e dos homens e o senhor das criaturas.

No entanto, ele logo percebeu que havia um problema: a terra estava submersa no mar. Para resolver isso, transformou-se num enorme javali e começou a cavar. Ele cavou e cavou, pegou a terra entre suas presas afiadas e a colocou em cima. Assim, todos os homens e animais poderiam passar por ela.

—

Como o criador do mundo e um deus tão poderoso, Brama não precisou de nenhuma deusa ou mulher mortal para gerar Sarasvati.

Um dia, o deus Brama decidiu criar sua própria filha. Então, pegou um pedacinho de si mesmo e o moldou com as mãos, como se fosse argila.

Ele lhe deu um rosto e um corpo, também uma mente. Ele a fez tremendamente bela e sábia, tal como ele gostava das mulheres.

E assim nasceu Sarasvati.

Quando Brama a viu pela primeira vez, apaixonou-se perdidamente por ela. Sarasvati, que acabara de vir ao mundo, sentiu-se tão constrangida diante do olhar do pai que se escondeu à direita para se esquivar dele. Mas Brama usou seu poder para desenvolver uma segunda cabeça.

Ele olhou para ela de novo, e Sarasvati se sentiu desconfortável novamente. Ela foi para a esquerda, onde o pai não conseguia vê-la. No entanto, Brama ganhou uma terceira cabeça.

A deusa ficou atrás dele, pensando que, assim, ele não conseguiria olhar para ela, mas estava enganada. O pai a desejava tanto que mais duas cabeças cresceram em seu corpo. Ele já tinha cinco, e, com tantos olhos, Sarasvati temia nunca conseguir fugir.

Desesperada e cansada de ser perseguida pelo pai, Sarasvati começou a voar, achando que só assim se livraria dele. De repente, já no céu, Brama a alcançou. O deus havia voado até lá para encontrá-la. Ela voou e voou, mas ele não desistiu e, ao olhar para seus lindos olhos, Brama ganhou mais uma cabeça — já eram seis. A pobre Sarasvati não sabia o que fazer.

Brama a capturou e confessou seu amor por ela. Ele disse que estava apaixonado e que queria se casar com ela para juntos criarem homens, deuses e demônios. Sarasvati sabia que não conseguiria fugir dele, que o pai sempre a perseguiria onde quer que ela fosse. Então, finalmente aceitou. Ela se tornaria sua esposa.

Ela voou e voou,
mas ele não desistiu e,
ao olhar para seus belos olhos,
Brama ganhou outra
cabeça — já eram seis.
A pobre Sarasvati não
sabia o que fazer.

Em seguida eles desceram para a terra e se casaram. Viajaram para um lugar muito distante e, durante cem anos divinos, Sarasvati e Brama ficaram juntos. Os outros deuses, porém, não gostaram desse casamento, consideravam um crime Brama se casar com a própria filha, que ele mesmo havia criado. Isso deveria ser proibido, era errado. Mas Brama não se importava com a opinião das outras divindades.

Desde então, ele e Sarasvati vivem juntos na terra, no mundo dos homens, embora o seu lar mais especial esteja em Brahmaloka, o planeta de Brama.

Sarasvati também é conhecida por outros nomes: Satarupa, Savitri, Gayatri ou Brahmani.

É muito fácil reconhecer a deusa Sarasvati, pois ela é representada como uma jovem muito bonita e de pele clara. Possui quatro braços, e cada um deles segura um objeto diferente. Numa das mãos direitas, ela carrega uma flor para o deus Brama, seu pai e marido. Na outra mão direita, segura um livro de folhas de palmeira, uma vez que ela é a deusa do conhecimento. Numa das mãos esquerdas, usa um colar de pérolas com um pingente, o Sivamala, usado para orar ao deus Siva. Com a última mão, ela segura um pequeno tambor, um damaru. Às vezes Sarasvati não toca tambor, mas, sim, uma vina. A vina é um instrumento musical de cordas, semelhante ao sitar, utilizado na Índia.

Geralmente, veste um sari branco, símbolo de pureza.

Sarasvati costuma aparecer sentada perto de um rio ou sobre uma enorme flor de lótus e está sempre acompanhada de um pavão.

PELE

A DESTRUIDORA DE FOGO

Na mitologia havaiana, Pele é a deusa do fogo, dos relâmpagos, dos vulcões, da dança e da violência.

Sua mãe era Haumea, a deusa da fertilidade e dos partos; e seu pai, Kane Milohai, o deus criador do céu e da terra. Juntos, eles tiveram sete filhos e seis filhas, incluindo Pele. Pele nasceu no Taiti, a maior ilha da Polinésia. Lá, ela passou a infância e a adolescência com toda a família, até que um grave problema a obrigou a ir para outra ilha.

Esse problema era seu comportamento terrível. A deusa do fogo era selvagem e perigosa. Muitas vezes, ficava irritada e brigava com as irmãs.

Um belo dia, Pele decidiu seduzir o marido de sua irmã Namaka, a deusa do mar. Ela se aproximou dele e, depois de um tempo, o homem se apaixonou. Ao saber do ocorrido, Namaka ficou furiosa e ameaçou Pele.

Pele sabia que a irmã queria se vingar dela e que, se elas se confrontassem, poderia estourar uma guerra. Uma noite, ela entrou numa canoa e se lançou no mar, fugindo do Taiti, seu lar. Assim, foi navegando de ilha em ilha enquanto Namaka a perseguia, furiosa.

Por fim, Namaka a alcançou na ilha do Havaí e ali elas lutaram. Pele acendia fogos enormes e abrasadores, mas Namaka os apagava com a água do mar. Derrotada, Pele se transformou num espírito.

Desde então, ela vive no Havaí, no vulcão Kilauea.

A deusa ativa este vulcão e outros na ilha com sua ira, fazendo-os entrar em erupção e cuspir fogo.
Por isso, ocorrem muitas catástrofes, já que a lava e as cinzas do vulcão podem destruir florestas, vilas, cidades e praias inteiras.

É por isso que Pele também é chamada de Pelehonuamea, que significa "aquela que dá forma à terra sagrada".

—

Embora o marido de sua irmã Namaka tenha caído em sua armadilha, Pele nunca se apaixonou por ele. Para ela, foi apenas um jogo divertido para irritar Namaka. O que ela não sabia é que um dia se apaixonaria de verdade por um homem e que outra de suas irmãs a trairia. Foi o que aconteceu com Lohiau.

Lohiau era um mortal, o chefe da tribo Kauai. Os dois se viram uma única vez, mas imediatamente se apaixonaram. Eles passaram muitas noites juntos, prometendo amor eterno, até que a deusa teve de ir embora, pois, como morava no vulcão Kilauea, no Havaí, ela não poderia ficar ali.

Magoada por ter de se separar dele, Pele pediu ajuda a uma de suas irmãs favoritas: Hi'iaka, a deusa da hula, uma dança típica das ilhas havaianas. Implorou-lhe que fosse visitar seu amado Lohiau e o levasse para o Havaí com ela. Ela deveria fazer isso em menos de quarenta dias e não poderia tocar no rapaz. Hi'iaka aceitou.

Ao chegar à ilha de Kauai, Hi'iaka descobriu que Lohiau havia morrido de coração partido por causa da saudade que sentira de Pele. Sabendo que isso acabaria com sua irmã, ela ressuscitou Lohiau. Porém, quando Lohiau voltou à vida, Hi'iaka ficou tão feliz que o abraçou e beijou.

Pele logo soube do ocorrido e se sentiu traída pela irmã e pelo amante. Furiosa, a deusa do fogo cobriu Lohiau de lava até matá-lo. Hi'iaka, que havia se apaixonado por Lohiau, ressuscitou-o novamente, e ele, vendo que ela o salvara duas vezes da morte, também se apaixonou.

A deusa aprendeu que não poderia lutar contra o amor, de modo que aceitou o relacionamento. Assim, Hi'iaka e Lohiau puderam ser felizes juntos.

—

Pele e suas quatro irmãs discutiam e brigavam muito, não somente por causa de assuntos amorosos, como aconteceu com Namaka e Hi'iaka. Isso não significava que não gostassem umas das outras, pois se ajudavam quando precisavam, principalmente nos momentos difíceis.

Uma delas, Kapo, salvou Pele do semideus Kamapua'a.

Kamapua'a era metade homem, metade porco, um semideus da agricultura e da fertilidade que havia se apaixonado perdidamente por Pele. Obcecado por ela, Kamapua'a a perseguia por todas as ilhas, tentando conquistá-la apesar de ela o rejeitar. Cada vez que a deusa se recusava a ficar com ele, Kamapua'a ficava mais e mais furioso.

Um dia, numa das ilhas perto de Kalapana, Kamapua'a agarrou Pele e tentou violentá-la. Assim que Kapo ficou sabendo, ela correu para salvá-la. Kapo era irmã de Pele e deusa da fertilidade, da bruxaria e da magia malévola, portanto, ela tinha um poder diferente daqueles das outras deusas. Kapo conseguia separar sua vagina do resto do corpo e, por isso, era chamada de "Kapo kohe lelé", que significa "Kapo com vagina viajante".

Ao chegar à ilha, Kapo lançou sua vagina para distrair Kamapua'a. Quando o semideus a viu voando pelo céu, es-

Pele e suas quatro irmãs
discutiam e brigavam muito,
não somente por causa de assuntos
amorosos, como aconteceu
com Namaka e Hi'iaka.
Isso não significava que não
gostassem umas das outras,
pois elas se ajudavam quando
precisavam, especialmente em
momentos difíceis.

queceu completamente Pele e a deixou ali mesmo. Ele seguiu a vagina voadora de Kapo até Koko Head, em Oahu, onde colidiu com uma colina, deixando uma enorme marca.

Assim, com a ajuda de sua querida irmã, Pele conseguiu fugir de Kamapua'a sem sofrer nenhum dano.

Às vezes, a deusa Pele passeia pelo Havaí transformada em humana. Dessa forma, ela avisa as pessoas sobre a próxima erupção do vulcão. Ela pode aparecer como uma mulher jovem e bela, mas também como uma idosa com longos cabelos brancos, e quase sempre está acompanhada de um cachorrinho.

Entretanto, ela costuma ser representada como uma jovem cercada por chamas vermelhas, devido ao fogo e à lava do vulcão onde vive.

MINERVA

A INTELIGENTE

Minerva era uma das deusas mais queridas da mitologia romana, equivalente à Atenas para os gregos.

Seu pai era Júpiter, deus de todos os deuses, que governava o céu e tinha poder sobre o clima. Juntamente com ele e a deusa Juno, ela fazia parte do mais importante grupo de deuses, conhecido como a tríade capitolina. Era chamada assim porque o templo ficava no monte Capitolino, uma das sete colinas de Roma.

Sua mãe era Metis, uma titã que personificava a prudência. Os titãs eram seres muito antigos que, liderados por Saturno, dominaram o mundo antes dos deuses. Por temer ser destronado, Saturno devorou seus próprios filhos, mas, quando Júpiter nasceu, a mãe dele o escondeu para que o pai não o engolisse. Quando cresceu, Júpiter salvou os irmãos, que estavam dentro do estômago de Saturno e, juntos, enfrentaram os titãs e os derrotaram. Como punição, Júpiter os expulsou para o submundo, onde foram aprisionados para todo o sempre.

***

O nascimento de Minerva foi anunciado
de uma forma muito especial: por uma profecia.
As profecias anunciavam o futuro dos humanos
e dos deuses e, por serem inevitáveis, todos as temiam,
até mesmo as divindades.

***

Uma das profecias dizia que Júpiter teria um filho muito poderoso e que a mãe dele seria Metis. No início, o deus de todos os deuses ficou assustado, pois pensou que o menino poderia ser mais forte e mais sábio que ele e destroná-lo. Como não queria que ocorresse a mesma coisa que aconteceu com seu pai, Saturno, Júpiter agiu como ele. Sem que ninguém suspeitasse, aproximou-se de Metis silenciosamente e a devorou de um só bocado.

O que Júpiter não sabia era que Metis já estava grávida. Ninguém poderia impedir a profecia.

Depois de algum tempo, Júpiter começou a sentir fortes dores de cabeça, mas, como era homem, não imaginou que fossem as dores de parto. Em desespero, visitou o deus do fogo e suplicou que ele abrisse sua cabeça com um golpe de machado. Vulcano concordou e, ao fazê-lo, apareceu a deusa

Minerva, que saiu da cabeça do pai com um grito de guerra que assustou divindades e humanos.

Minerva nasceu já uma mulher adulta, vestida com armadura e com uma lança na mão. Desde então, ela foi a filha favorita de Júpiter e deusa da sabedoria, da estratégia militar e da guerra.

Minerva era tão inteligente quanto o pai, por isso, era boa em muitas matérias, especialmente nas artísticas. Aprendeu imediatamente a tocar flauta, embora não gostasse muito: quando soprava, suas bochechas se inflavam e ela acreditava que, assim, perdia parte da beleza. Um dia, jogou o instrumento no rio e esqueceu a música.

Ela inventou a escrita e a pintura e, como deusa da estratégia militar, inventou a carruagem de guerra e o treinamento de cavalos. Foi assim que ajudou o herói Belerofonte, filho de Eurínome e Glauco, rei de Corinto. O rapaz tinha uma missão: matar a quimera, um monstro muito perigoso que cuspia fogo pela boca e que tinha cabeça de cabra, corpo de leão e cauda de serpente. Para acabar com ela, Belerofonte precisava de um cavalo alado. Esse cavalo era Pégaso, mas o animal era muito difícil de capturar.

Uma noite, Belerofonte foi dormir no templo de Minerva, quando ela lhe apareceu num sonho. A deusa lhe deu uma rédea e disse que a usasse para caçar Pégaso. Quando o jovem acordou, ele tinha as rédeas mágicas nas mãos. Assim, ele conseguiu domar o cavalo alado.

Além de Belerofonte, Minerva ajudou muitos outros mortais. Ela foi a protetora dos sábios, dos artistas e de grandes heróis, como Aquiles, Hércules, Diomedes, Ulisses e seu filho Telêmaco, entre outros. Ela protegeu todos eles durante a guerra e cuidou deles nos momentos difíceis. Às vezes, ela se disfarçava de humana e descia ao mundo dos homens para aconselhá-los.

—

Especialista em costura e bordado, Minerva também era padroeira da fiação e da tecelagem, atividades exercidas por mulheres.

No entanto, Minerva era muito orgulhosa e gostava de ser a melhor em tudo. A mais bonita. A mais inteligente. A mais engenhosa. A mais feroz. E ela temia que alguém a superasse. Quando isso acontecia, Minerva ficava muito zangada, tornava-se violenta e se vingava de qualquer um que ousasse ultrapassá-la. Foi o que aconteceu com Aracne.

Aracne era uma jovem tecelã da cidade de Colofão. Todos que a conheciam a parabenizavam por seu trabalho. Sua oficina estava sempre lotada de pessoas que iam comprar seus lindos bordados. Sua fama crescia cada vez mais, e Aracne se vangloriava de suas habilidades e de seus tecidos. Até que, um dia, ela se comparou à própria Minerva.

Quando Minerva descobriu, ficou furiosa. Resolveu visitar Aracne e adverti-la de que ofender os deuses era muito perigoso, pois sempre haveria um castigo. No entanto, a jovem realmente acreditava que era melhor fiandeira que a deusa e a desafiou para um concurso para ver quem faria a tapeçaria mais bonita.

Minerva teceu um enorme bordado no qual derrotava o deus Netuno. Todos os cidadãos de Colofão gostaram e aplaudiram com entusiasmo. Mas a ambiciosa e habilidosa Aracne venceu a competição, pois, com muito esforço, havia bordado uma belíssima tapeçaria. O bordado representava vinte e dois episódios em que Júpiter traía sua esposa Juno com muitas outras mulheres com as quais teve filhos: Dânae, Europa, Leda...

Minerva ficou ainda mais zangada: Aracne lembrou todos os erros que o pai da deusa cometera e isso foi um insulto ao deus dos deuses.

Por isso, Aracne continuaria tecendo por toda a eternidade.

—

A deusa da guerra, que às vezes era muito violenta e cruel, resolvia os problemas com a força e a lança, prejudicando muitas pessoas, fossem elas inocentes ou culpadas. Medusa foi outra de suas vítimas.

Quando Minerva descobriu, ficou furiosa. Decidiu visitar Aracne e adverti-la de que ofender os deuses era muito perigoso, pois sempre haveria um castigo. No entanto, a jovem realmente acreditava que era melhor fiandeira que a deusa e a desafiou para uma competição para ver quem faria a tapeçaria mais bonita.

Medusa era uma górgona, ou seja, um monstro feminino, com asas de ouro, garras de bronze muito compridas e afiadas e presas de javali. Tinha pele de serpente e dentes de víbora.

Esteno e Euríale, suas irmãs, também eram górgonas, mas Medusa era a única mortal. As três moravam no oceano, já que seus pais eram Fórcis e Ceto, monstros marinhos.

As meninas cresceram juntas, amavam-se muito e eram inseparáveis. No entanto, Medusa não se parecia com as irmãs. Esteno e Euríale eram horrendas, todos as temiam e ninguém se aproximava delas, enquanto Medusa era uma jovem muito bonita, com cabelos longos e brilhantes. As mulheres a invejavam, e os homens caíam apaixonados a seus pés, tentando conquistá-la para se casar com ela.

Acostumada a partir corações, um belo dia, Medusa desafiou Minerva, dizendo que era muito mais bonita que a deusa.

Minerva ficou muito indignada ao ouvir isso e, como vingança, decidiu tirar dela a beleza de que tanto se vangloriava: transformou-a num monstro horrível como suas irmãs.

Os lindos cabelos de Medusa se transformaram num ninho de serpentes, o corpo dela se encheu de escamas e duas asas brotaram de suas costas. A partir de então, seus olhos se tornaram malditos: podiam transformar qualquer um que ousasse olhar para ela em pedra. Nenhum homem se apaixonaria novamente por Medusa.

—

Outra versão diz que Netuno, o deus dos mares, havia se apaixonado por Medusa. Uma noite, ele sequestrou a jovem e a levou para o templo de Minerva, onde tentou seduzi-la à força. Medusa resistiu e se recusou, e o deus a estuprou.

Ao saber do ocorrido, Minerva ficou muito ofendida. Netuno não apenas havia cometido um ato terrível que jamais poderia perdoar, mas também usara o templo dela, que era uma deusa casta e virgem. Como não podia punir o tio, puniu a jovem.

Dessa forma, Medusa perdeu o cabelo, e serpentes cresceram em sua cabeça.

—

Na mitologia romana, Minerva é representada como uma jovem muito bonita e séria. Sempre preparada para a guerra, veste uma longa túnica sob uma armadura; na mão, carrega uma lança e, para se defender, um capacete com crista e um escudo. Esse escudo é muito especial, pois nele está desenhada a cabeça da górgona Medusa.

Às vezes, ela está acompanhada de uma coruja que pousa em seus ombros, um dos animais que lhe foram consagrados, além do galo. Árvores como a oliveira, símbolo da cidade de Atenas, também lhe foram consagradas, já que Minerva era a Atena dos gregos.

MAWU

A CRIADORA DO MUNDO

M awu era a deusa da sabedoria, da alegria e da maternidade, mas, acima de tudo, era a divindade da lua e da noite.

Com seu poder, ela levava o vento fresco para as noites mais quentes, o que a tornava uma das principais deusas da mitologia fon. O povo fon, também chamado de aja ou daomé, está espalhado por toda a África Ocidental, mais especificamente em Benin, na Nigéria e no Togo.

A mãe de Mawu era Nana Buluku, também chamada de Mãe Suprema, pois ela havia criado o universo. Seu irmão era Lisa, o deus do sol, um guerreiro feroz a quem todos temiam.

Embora fossem irmãos, Mawu e Lisa se casaram muito cedo e juntos tiveram catorze filhos: sete deusas e sete deuses. Alguns eram divindades terrestres; outros, marinhas; e outros, do trovão. Para manter a ordem, dividiram-se em grupos.

Cada grupo tinha um líder: Da Zojdi, o filho mais velho, era o chefe dos deuses da terra; Sogbo, o segundo filho, liderava os deuses do mar; e, por último, Agbe, que governava os deuses do trovão.

Para que todos se sentissem igualmente importantes e queridos, Mawu e Lisa decidiram distribuir as tarefas divinas entre os filhos. Enquanto isso, eles poderiam criar tranquilamente o mundo dos humanos.

Mawu precisava de ajuda para criar a Terra.
Por isso, visitou a serpente cósmica Aido-hwedo,
que aceitou acompanhá-la com uma condição:
para que pudessem viajar juntas,
Mawu deveria entrar em sua boca enorme cheia
de presas peçonhentas. E assim ela o fez.

À medida que a cobra deslizava, a deusa criava a Terra, moldando-a no formato de uma abóbora. Com os movimentos que Aido-Hwedo fazia ao rastejar, surgiam vales e rios que, vistos de cima, pareciam serpentes. Dos excrementos que a grande serpente Aido-Hwedo deixava toda vez que se sentavam para descansar, nasceram as montanhas.

Terminada a obra, Mawu e Aido-Hwedo pararam para admirar a Terra e viram que ela era grande e pesada demais para flutuar no mar — poderia cair a qualquer momento e se quebrar, destruindo tudo. Então, Mawu teve uma ideia: pediu para a serpente se enrolar em volta do mundo, segurando-o para que não afundasse. Mas Aido-Hwedo teve uma ideia ainda melhor: enrolou o corpo na Terra e mordeu a cauda para não deixá-la escapar.

Como era um grande esforço sustentar o mundo e fazia muito calor, a pele de Aido-Hwedo poderia queimar; dessa forma, ela entrou na água para se refrescar. Desde então, vive dentro dos mares e oceanos, sustentando a Terra.

Um tempo depois, chegou a primavera e tudo se tornou verde, e as árvores se cobriram de flores e frutos. Mawu percebeu que a Terra era muito bonita, mas faltava algo: criaturas que desfrutassem dela. Ela pegou um pouco de argila e criou os animais e os humanos: moldou com as próprias mãos homens e mulheres, aos quais deu uma alma para que pudessem viver.

Quando terminou de criar o mundo, Mawu voltou com o marido para o céu, o lar onde eram felizes. Ali, continuam vivendo e, quando acontece um eclipse, o povo fon acredita que a deusa da lua e o deus do sol estão fazendo amor.

Embora Mawu fosse a deusa mãe e se preocupasse com todos seus filhos divinos, bem como com suas criações na Terra, ela também era uma mulher poderosa e vingativa. Se achasse que os humanos não eram justos, e eles demonstrassem não merecer tudo o que lhes havia dado, ela se zangava e os castigava com muita crueldade. O pior de seus castigos era tirar a vida — e foi isso que aconteceu com Awe.

Depois que Mawu voltou ao céu, as pessoas pararam de viver em paz e harmonia, esqueceram-se da bondade da deusa e começaram a lutar entre si. As guerras eram cada vez piores, mais cruéis e sangrentas; reinavam o caos, as doenças e a fome; e os homens morriam incessantemente. As mulheres já não tinham maridos, e os filhos já não tinham pais. Aos poucos, eles estavam destruindo a Terra que Mawu havia criado.

Assustada e aborrecida com o que os humanos estavam fazendo, Mawu foi procurar Awe para ajudá-la a acabar com isso, e ele aceitou. Awe era um animal que a deusa tinha criado havia muito tempo, um macaco muito inteligente, mas também um tanto traiçoeiro.

Quando Awe chegou à Terra, não cumpriu a promessa que havia feito a Mawu. Ele disse aos humanos que era ainda mais poderoso que a deusa e que poderia criar vida assim como ela. No entanto, os homens e as mulheres não queriam acreditar até verem, desafiando-o.

Awe cortou uma árvore e esculpiu nela o rosto de uma pessoa: primeiro, os olhos; depois, o nariz; em seguida, a boca, as orelhas e as sobrancelhas. Quando terminou, estava tão orgulhoso que mostrou para todos e disse que havia criado uma pessoa. Então, Mawu apareceu.

A deusa se aproximou do tronco de madeira, olhou para ele e imediatamente começou a rir. Ela disse a Awe que aquilo não era uma pessoa, pois não conseguia falar, respirar, mover-se ou pensar por si mesmo. Aquilo não tinha vida.

Zangado, Awe prometeu a todos que era capaz de fazê-lo e o faria. Ele soprou e soprou naquele boneco de madeira, tentando insuflar vida nele, mas não conseguiu. Continuou tentando, soprando cada vez mais forte, mas nada.

Por fim, o macaco aceitou que não era tão poderoso quanto acreditava e pediu desculpas perante os humanos e Mawu. No entanto, a deusa sabia que não podia confiar nele, pois ele havia tentado enganar os humanos, traindo-a. Ela decidiu se vingar. Para isso, preparou um prato de mingau com algumas sementes muito especiais: as sementes da morte.

Ingênuo, Awe comeu todo o mingau. Depois de um tempo, começou a passar mal e percebeu que estava prestes a morrer.

Assim, ele aprendeu que não se deve insultar os deuses e que Mawu era a única que podia dar e tirar a vida.

É muito fácil reconhecer a deusa Mawu. Na mitologia fon, ela é uma linda mulher negra de meia-idade. Costuma ter o cabelo raspado ou bem curto, embora às vezes o amarre num coque alto, e sempre veste túnicas tradicionais do povo fon.

Quando ela aparece com o marido, o deus Lisa, ora são representados separadamente, ora são um só — embora estejam unidos num mesmo corpo, exibem dois rostos diferentes.

A deusa se aproximou
do tronco de madeira, olhou para
ele e imediatamente começou a rir.
Ela disse a Awe que aquilo não era
uma pessoa, pois não conseguia falar,
respirar, mover-se ou pensar por si
mesmo. Aquilo não tinha vida.

SEDNA

A SOBREVIVENTE

Sedna é a deusa do mar na mitologia inuíte.

Conhecida como mãe do mar ou senhora do mar, Sedna tem muitos outros nomes, já que cada povo inuíte a chama de forma diferente. Para alguns, é Nerrivik; para outros, Nuliajuk, que significa "a pobre esposa"; ou, ainda, Uinigumisuituq, "aquela que não quer marido". Ela também é conhecida como Arnaapkapfaaluk, que significa "a grande mulher má", e como Takanaluk Arnaluk, "a mulher de baixo". Outro de seus nomes é Takanakapsaluk, "o terrível ser de baixo".

—

A princípio, Sedna não era uma deusa, mas uma humana que, ao morrer de forma violenta, tornou-se uma divindade.

Sedna nasceu numa ilha muito distante do oceano Ártico, onde faz muito frio e tudo é gelo. Sua mãe morreu quando ela ainda era pequena, então, foi criada pelo pobre pai viúvo.

Ela sempre foi uma menina muito bonita e, à medida que crescia, tornava-se uma bela jovem com cabelos longos, que todos os homens queriam conquistar. Os rapazes a perseguiam pela ilha e a pediam em casamento, mas Sedna rejeitava todos eles.

Ela era muito feliz morando com o pai, e não estava interessada no amor. Ali, em sua pequena ilha, ela tinha tudo o que precisava.

Um dia, um barco chegou à ilha e, dele, desceu um homem muito interessante. Ele era o capitão. Ao se deparar com Sedna, apaixonou-se e tentou convencê-la a se casar com ele. Prometeu que sempre a protegeria e cuidaria dela, pois, sendo capitão de navio, tinha dinheiro suficiente para lhe dar cobertores de pele e comida saborosa todos os dias. Sedna acreditou e, vendo-o tão bonito, aceitou se casar com ele.

Sedna foi embora com o marido, mas, ao chegar ao novo lar, percebeu que ele havia mentido e preparado uma armadilha para ela. Ele não era um homem bonito e interessante, mas uma criatura metade homem, metade pássaro.

Pior ainda: era um mau marido e a maltratava todos os dias. Sedna logo se arrependeu de ter se casado, porque ele não a amava de verdade. Se a amasse, não seria tão cruel e não a machucaria. Pelo contrário, ele se preocuparia e cuidaria dela, tentaria fazê-la feliz e desejaria seu melhor. Aquilo não era amor. Sedna nunca teria imaginado que aquele homem pudesse ser tão mau.

Quando o pai de Sedna descobriu o que estava acontecendo, preparou-se para salvar a filha, pois não queria que ela sofresse. Ele pegou seu caiaque e navegou até onde estavam. Uma vez lá, matou o marido de Sedna e a resgatou.

Porém, o homem-pássaro se transformou em espírito e, furioso por ter sido assassinado, quis vingança e provocou uma grande tempestade. Enquanto Sedna e o pai estavam no mar, a chuva começou a cair com muita força. As ondas, cada vez maiores, balançavam o caiaque, colocando-os em perigo.

O pai de Sedna acreditava que o mar estava zangado com ele e queria sua filha. Pensando que somente assim poderia se salvar, ele agarrou Sedna e a jogou no mar.

Assustada, Sedna se engasgou com a água salgada. Depois de se recuperar, tomou impulso, lutou contra as ondas e nadou até alcançar o caiaque. Mas, quando ela tentou subir de volta, o pai pegou um machado e cortou seus dedos para impedi-la.

Sedna chorava e chorava, desesperada de dor. O marido havia mentido quando se casaram, e agora o pai a traía. Seus dedos, aqueles que o pai havia cortado, transformaram-se em criaturas marinhas, e a partir deles nasceram focas, morsas, baleias, peixes e outros animais.

> No final, Sedna afundou no oceano
> e se transformou na deusa do mar e mãe
> de todas as criaturas marinhas.

Outra história conta que, quando a tempestade criada pelo homem-pássaro terminou, Sedna conseguiu subir em outro caiaque. Porém, magoada com a traição do pai, jurou se vingar. Assim, ao chegar àquela que havia sido sua casa, entrou silenciosamente e encontrou o pai dormindo na cama. Nesse momento, ela soltou os cachorros, que comeram as mãos e os pés do homem. Ao acordar e ver que os cães o haviam devorado, ele amaldiçoou Sedna. Instantaneamente, a terra se abriu com uma enorme fenda e engoliu a moça, o pai e os cães.

Desde então, Sedna vive em Adlivun, um lugar completamente congelado que fica a grande profundidade, abaixo da terra e do mar. Embora pareça o submundo, na verdade é um local de passagem onde as almas dos mortos chegam para serem julgadas. Após três dias, as almas são purificadas e estão prontas para sua jornada para o além, que seria o reino da lua, onde podem descansar para sempre.

—

Para os inuítes, os deuses são inua, seres que representam a força da natureza. Existem três inua principais: Sila, o deus do ar e do tempo; Pinga, a divindade da fertilidade, da medicina e da caça; e Sedna, a deusa do mar e mãe das criaturas marinhas.

Sedna era uma das deusas mais importantes, já que o povo inuíte vivia da caça e da pesca. Eles costumavam capturar criaturas marinhas, como peixes e focas, e, além de comer sua carne, faziam cobertores e agasalhos com a pele e cozinhavam com a gordura. Eles também utilizavam os ossos para fabricar armas, agulhas de costura, ferramentas e até brinquedos.

Antes de sair para caçar, os xamãs das tribos, conhecidos como Angakok, rezavam para a deusa e lançavam um arpão para lhe pedir uma boa caçada. Assim, eles tentavam manter Sedna tranquila e satisfeita.

Se Sedna se zangasse, poderia enviar seus animais marinhos para outro lugar, causando muita fome entre os inuítes. Ela também poderia enviar doenças ou tempestades. Quando isso acontecia, os xamãs entravam no mar e viajavam até o lar de Sedna, o Adlivun. Uma vez lá, penteavam seus cabelos e faziam lindas tranças, algo que ela adorava e não podia fazer sozinha porque não tinha dedos.

Sedna é retratada como uma bela jovem com cabelos longos. Semelhante às sereias, seu torso é o de uma mulher, mas a parte inferior do corpo é a de um mamífero marinho: a de uma morsa. Normalmente está com uma das mãos fechada, assim não dá para ver que o pai cortou seus dedos.

Às vezes, Sedna aparece como uma mulher muito alta e com um único olho, quase uma giganta, pois há outra versão de sua história, segundo a qual o pai a matou cravando uma faca em seu olho.

Outra história conta que, quando a tempestade criada pelo homem-pássaro terminou, Sedna conseguiu subir em outro caiaque. Porém, magoada com a traição do pai, jurou se vingar. Assim, ao chegar àquela que havia sido sua casa, entrou silenciosamente e encontrou o pai dormindo na cama.
Nesse momento, ela soltou os cachorros, que comeram as mãos e os pés do homem.

MORRIGAN

A GUERREIRA

Morrigan é uma das deusas mais famosas da mitologia celta. O nome dela se traduz como "rainha fantasma" ou "rainha espectral", já que se trata da divindade da guerra e dos mortos.

Era filha de Ernmas, uma deusa fazendeira e guerreira, que morreu na batalha de Mag Tuired. Apesar de ficar órfã, Morrigan nunca esteve sozinha nem se sentiu assim, pois tinha suas duas irmãs, Badb e Macha. O nome Badb significa "ira", "fúria" ou "violência"; e Macha, "campo" ou "planície". As três jovens cresceram juntas e eram inseparáveis, tanto que até dividiam suas tarefas divinas, pois eram todas deusas da guerra, da destruição e dos mortos.

O que elas mais gostavam era de causar o caos. Costumavam aparecer no meio da batalha, quando os humanos não esperavam vê-las, confundindo os exércitos e fazendo os homens fugirem, assustados. No entanto, nem tudo era destruição. Morrigan e as irmãs encorajavam seus guerreiros favoritos, protegiam-nos durante o combate e lhes inspiravam bravura e ferocidade para que continuassem lutando sem se renderem.

Assim, muitos venciam a guerra — e outros morriam.

—

A família de Morrigan pertencia aos Tuatha Dé Danann, uma raça de deuses que vivia na Irlanda antes dos gaélicos e dos celtas. Ao chegarem à Irlanda, os Tuatha travaram duas grandes guerras: a primeira foi contra os Fir Bolg; a segunda, contra demônios terríveis, os Fomorians. Numa dessas batalhas, morreu Ernmas, mãe de Morrigan, Badb e Macha.

Os deuses da tribo dos Tuatha eram muito especiais, praticavam a magia e tinham conhecimento sobre artes druídicas. Morrigan usava esses poderes de muitas formas.

Às vezes, ela se transformava num corvo negro ou numa corneja, algo que suas irmãs também faziam. Outras vezes, lançava conjuros para assustar e punir os humanos. Foi o que aconteceu com Odras.

Odras era uma fazendeira que, um dia, perdera um dos seus touros. Após encontrar um rebanho de vacas mágicas cuja dona era a deusa Morrigan, o animal correu e montou em uma delas.

Quando Morrigan descobriu o que havia acontecido, ficou furiosa: não gostava que animais mortais se aproximassem de suas vacas mágicas, muito menos que copulassem com elas. Para a deusa, Odras era a verdadeira culpada, pois deveria ter vigiado e cuidado do animal para que ele não fugisse. Como ela sentiu pena do touro, puniu sua dona: com sua magia, transformou Odras num lindo lago.

Morrigan tinha outro poder muito importante: ela via o futuro. Como deusa da morte, sempre sabia quando alguém morreria, pois era ela quem escolhia os mortos na batalha. Para anunciá-lo, sentava-se na margem de um rio, onde lavava a armadura e a espada do guerreiro enquanto chorava alto com fortes lamentações. Por isso, era chamada "a lavadeira do vau".

Morrigan não só avisava os homens de sua morte, mas também os visitava para lhes falar de seu destino e, assim, ajudá-los a enfrentar monstros, inimigos e catástrofes.

Na história do herói Cú Chulainn, Morrigan aparece perante o jovem para lhe mostrar seu futuro.

Cú Chulainn nasceu em Mag Muirthemni, no sul do reino do Ulster. Ele era filho de Dechtire e Conchobar e, quando criança, se chamava Setanta. Desde pequeno, era famoso por sua força e grande beleza. Aos seis anos, já havia derrotado cento e cinquenta crianças e um enorme cachorro, a quem precisavam amarrar com três correntes. À medida que crescia, tornava-se mais corajoso e forte e, aos dezessete anos, lutava tão bem que era invencível.

Na época, a rainha Medb governava o reino vizinho de Connacht. A intenção dela era provocar uma guerra e invadir Ulster para encontrar um touro muito especial que desejava roubar. O único que poderia impedi-la de levar o animal era Cú Chulainn, que enfrentaria sozinho o exército inimigo.

Antes do combate, uma jovem muito bonita se aproximou e confessou que estava perdidamente apaixonada por ele. Ela era filha de um rei muito poderoso. Cú Chulainn não confiava muito nela. Ele duvidou de suas palavras e recusou seu amor, sem saber que a princesa era na verdade a deusa Morrigan disfarçada.

Zangada e magoada, Morrigan decidiu se vingar. Enquanto Cú Chulainn lutava, Morrigan tentou entorpecê-lo para que ele se rendesse e perdesse a batalha. Primeiro, ela se transformou numa enguia e o fez tropeçar, mas o herói pisou nela e quebrou várias de suas costelas. Depois, a deusa se transformou num lobo e, em seguida, numa vaca pequena.

Cú Chulainn não se deteve na luta: quebrou uma perna de Morrigan e acertou seu olho com uma pedra. Cansada e ferida, Morrigan se deu por vencida, transformou-se numa velha e se retirou para um sítio.

Terminada a guerra, a caminho de casa, Cú Chulainn avistou ao longe uma bela fazenda onde uma mulher idosa ordenhava algumas vacas. Ele estava sedento e exausto, portanto, se aproximou para pedir à mulher que o deixasse descansar e beber alguma coisa. Ele nunca teria imaginado que aquela mulher fosse a deusa e também a princesa que se declarara para ele. A idosa Morrigan lhe ofereceu leite e um lugar para sentar. A cada gole de leite que Cú Chulainn tomava, as feridas da deusa iam cicatrizando pouco a pouco. Quando ele esvaziou a jarra, Morrigan já havia se recuperado dos danos que o herói lhe causara durante a batalha.

Por sua vez, a rainha Medb ficou furiosa com a derrota do seu exército. Tudo o que ela queria era derrotar Cú Chulainn, matá-lo e livrar-se dele. Para isso, ela reuniu muitos feiticeiros e guerreiros. E, assim, a guerra recomeçou.

Ainda não havia chegado à batalha de Mag Muirteimne quando um dos cavalos de Cú Chulainn começou a chorar sangue. Para outros homens, isso teria sido um sinal, mas ele não se importou e montou na carruagem de guerra para continuar sua jornada. Todas as suas armas caíram no chão, mas ele achou que fosse apenas azar.

De repente, na metade do caminho, ele encontrou uma jovem lavadeira que limpava algumas armas num rio. Ao olhar atentamente para elas, percebeu que a armadura e as espadas que ela lavava eram suas. Ele soube imediatamente que a deusa Morrigan estava tentando enviar uma mensagem: se lutasse naquela batalha, morreria.

Poucos minutos depois, a deusa Badb, irmã de Morrigan, transformou-se numa corneja e pousou no ombro de Cú Chulainn. Era um sinal.

O herói, porém, não podia fugir. Cú Chulainn foi para a guerra e morreu ali, atingido por um golpe de lança.

Morrigan não era apenas a deusa da guerra e dos mortos, e não passeava pelo campo de batalha entre os grandes e ferozes guerreiros somente para decidir quem morreria. Ela era também a deusa da fertilidade, da prosperidade da abundância e do desejo sexual.

Dagda era o deus dos Tuatha Dé Danann, e seu nome significa "o deus bom". Ele era um homem muito sábio que possuía dois objetos mágicos muito poderosos: um grande caldeirão que nunca se esvaziava e uma lança com duas pontas — uma delas matava os humanos, e a outra ressuscitava os mortos.

Uma noite, o deus Dagda encontrou Morrigan, que estava num riacho, lavando armaduras e espadas. Ele logo viu que aquela armadura e aquela espada não eram as de um guerreiro qualquer, mas as suas. Entendendo o que estava acontecendo, Dagda ficou muito assustado: Morrigan estava avisando que ele poderia morrer em breve.

No dia 31 de outubro, na noite de Samain, Dagda enviou uma mensagem a Morrigan para que se encontrassem naquele rio.

Na mesma noite, Dagda lhe contou que os Tuatha Dé Dannan estavam em perigo e só havia um modo de protegê-los: unir-se a ela para que a prosperidade voltasse para seu povo.

A deusa da guerra aceitou, embora ela fosse uma jovem muito bonita e ele, um homem um tanto bruto e rude, que usava uma capa curta muito ridícula.

Pensando em seu povo, Morrigan colocou um pé em cada margem do rio e dormiu com o deus pai Dagda. Ao terminar, porém, ela o aconselhou: para proteger verdadeiramente os Tuatha Dé Danann, ele teria de lutar contra os Fomorians, e a única forma de sobreviver era derrotando aqueles terrí-

De repente, na metade do caminho, ele encontrou uma jovem lavadeira que limpava algumas armas num rio. Ao olhar atentamente para elas, percebeu que a armadura e as espadas que ela lavava eram suas. Ele soube imediatamente que a deusa Morrigan estava tentando enviar uma mensagem: se lutasse naquela batalha, morreria.

veis demônios. Morrigan prometeu ajudá-lo: ela usaria sua magia para secar o sangue de Indech, o rei dos Fomorians, deixando seu coração vazio.

Quando chegou o momento, os Tuatha Dé Dannan e os Fomorians se enfrentaram na batalha de Mag Tuired. Enquanto os deuses lutavam, Morrigan recitava poemas e encantamentos e, como deusa da guerra, do caos e da destruição, foi derrotando seus inimigos um por um. Por fim, Morrigan cumpriu a promessa que havia feito ao deus pai Dagda: abriu o coração do rei Indech e derramou todo o sangue dele no rio onde ela costumava lavar as armas dos mortos em combate.

E, assim, os Tuatha Dé Dannan venceram a batalha graças à deusa.

TUÉRIS

A PROTETORA FEROZ

Lá no Egito, no longo e belo rio Nilo, viviam centenas de animais, entre os quais hipopótamos e crocodilos. Antigamente, os egípcios temiam os hipopótamos, pois eram seres muito perigosos — principalmente as fêmeas, que protegiam ferozmente suas crias. Assim que sentiam que uma delas estava em perigo, tornavam-se muito violentas.

É por isso que a deusa com aparência de hipopótamo era tão importante na mitologia egípcia. Conhecida como Tuéris, seu nome significa "a grande".

Tuéris era a deusa da fertilidade e protetora das crianças e das mulheres grávidas, a quem ajudava durante o parto. Ela era tão querida que as mulheres sempre lhe dedicavam um altar em suas casas. Costumavam desenhá-la nas cabeceiras das camas e nos travesseiros, para que ela pudesse vigiar os bebês enquanto dormiam, pois, com sua aparência feroz de hipopótamo, afastava os demônios malignos. Também a desenhavam em alguns amuletos, que as grávidas usavam para produzir mais leite, e em copos especiais, onde guardavam o leite para dar aos bebês.

No entanto, Tuéris não somente protegia mulheres e crianças, como também ajudava os mortos em sua viagem para o além.

Os egípcios acreditavam que, após a morte, as almas iam diretamente para o submundo. O submundo se chamava Duat e, no final, havia um tribunal que pesava o coração das pessoas, de forma a saber se elas tinham sido boas e mereciam entrar no paraíso — o Aaru ou o Campo de Juncos. Num lado da balança, colocava-se o coração; e, no outro, a pena de Maat, a deusa da justiça. Se o coração pesasse mais que a pena, significava que aquela pessoa não havia agido corretamente na vida, portanto não poderia ir para o Campo de Juncos. Então, aparecia a deusa Ammit, que tinha a aparência de um crocodilo, e devorava o coração de um só bocado.

No entanto, para chegar ao julgamento dos mortos, era preciso percorrer um caminho muito, muito longo e cheio de obstáculos e, para isso, era necessária a ajuda divina. Por esse motivo, Tuéris acompanhava e guiava as almas na jornada do Duat. Assim, a deusa hipopótamo zelava pelos nascimentos dos humanos na terra e pelos renascimentos no além.

> **Tuéris era amante de Set, o deus do deserto e senhor do caos. Set era uma divindade muito poderosa, que protegia os homens que viajavam em caravanas pelo deserto, e, quando se zangava, provocava terríveis tempestades de areia.**

Embora tivesse corpo de homem, a cabeça de Set era a de um animal com focinho longo e curvo e orelhas grandes, parecidas com as de um cachorro ou de um asno. Também podia ser representado como um hipopótamo vermelho e era parceiro da deusa hipopótamo Tuéris.

Ele era o irmão mais velho de Osíris, que, inicialmente, era apenas o deus da vegetação e da agricultura. Ambos eram filhos da deusa Nut e do deus Geb. Sempre houve uma grande rivalidade entre os irmãos, que se agravou quando Geb dividiu o reino entre os filhos. Osíris herdou o norte do Egito, que era próspero e rico, enquanto Set recebeu o pior dos reinos, o sul do Egito. Tudo ali era deserto e nada crescia. Não havia água e fazia um calor insuportável. Set se zangou:

achou que havia sido uma distribuição muito injusta, já que ele era o mais velho.

Com ciúmes do poder que Osíris tinha, decidiu matá-lo. Ele o apunhalou e o cortou em catorze pequenos pedaços, que jogou no rio Nilo. Quando soube do ocorrido, Ísis, irmã gêmea e esposa de Osíris, jogou-se na água para procurar os pedaços do marido. Com um pouco de magia e ajuda de outros deuses, ela conseguiu uni-los para ressuscitá-lo, e, juntos, tiveram um filho: Hórus, o deus com cabeça de falcão.

Tuéris não concordou com o que o amante fizera, pois, para ela, assassinar um irmão por inveja era uma traição imperdoável. Além disso, ela não acreditava que Set pudesse se tornar faraó de todo o Egito ou governar tão bem como Osíris, que fora muito querido por todos. Assim, quando Hórus quis vingar a morte do pai, Tuéris o apoiou, traindo Set pelo bem do Egito.

Durante a batalha entre Hórus e o tio, Hórus perdeu um olho e Set, os testículos.

No final, quando Set foi derrotado, Hórus o expulsou para o deserto, enquanto ele era coroado faraó de todo o Egito.

Quando soube do ocorrido, Ísis, irmã gêmea e esposa de Osíris, jogou-se na água para procurar os pedaços do marido. Com um pouco de magia e ajuda de outros deuses, ela conseguiu uni-los para ressuscitá-lo, e, juntos, tiveram um filho: Hórus, o deus com cabeça de falcão.

Por sua vez, Osíris se tornou o deus dos mortos e o senhor da ressurreição e da vida eterna, e a partir de então foi juiz no tribunal que julgava as almas no Duat.

—

Tuéris também era chamada de Taweret. Ela costuma ser representada com uma aparência feroz, já que seu corpo é formado por partes de diversos animais. Ela tem cabeça de hipopótamo, patas traseiras de leão e cauda de crocodilo. A barriga e os seios são avultados como os de uma mulher grávida. Às vezes, em lugar de uma cabeça de hipopótamo, Tuéris aparece com a de uma mulher. Ela está sempre de pé e veste uma túnica larga. Na cabeça, usa uma coroa com o disco solar, símbolo de que ela é filha de Rá, o deus do sol.

Rá era uma divindade com corpo de homem e cabeça de falcão. Sua carne era de ouro, os ossos de prata e o cabelo de lápis-lazúli, uma pedra azul semipreciosa muito usada para fabricar joias. No cabelo, ele usava um disco solar que cuspia fogo e o protegia de seus inimigos. Ao redor do disco solar havia um ureu, a figura de uma serpente que era colocada nas coroas dos deuses e faraós como símbolo de proteção. Embora Tuéris tenha herdado o disco solar do pai, ela não tem um ureu em sua coroa, mas alguns chifres de vaca. Além disso, ela costuma segurar dois objetos nas mãos: uma tocha fúnebre para guiar os mortos em seu caminho para o além e um ankh, também conhecido como cruz ansata, que seria a chave da vida e representa o renascimento.

AMATERASU

A LUZ DO MUNDO

Amaterasu é uma das deusas mais importantes do xintoísmo, a religião mais popular no Japão depois do Budismo. Seu nome significa "a grande divindade que ilumina o céu", já que ela é a deusa do sol.

Ela era filha de Izanagi e Izanami, os deuses que criaram o mundo e as oito ilhas do Japão. Grávida, a deusa Izanami pariu os espíritos do mar, as montanhas, a grama e o vento. Uma vez que a natureza já existia, Izanami teve um novo filho: o deus do fogo, Kagutsuchi. Ao nascer, porém, o deus do fogo queimou os órgãos genitais da mãe. A dor e os ferimentos foram tão graves que o deus Izanagi não conseguiu salvá-la e Izanami morreu em seguida.

Izanagi ficou sozinho e triste, completamente arrasado com a morte da esposa. Irritado com o que aconteceu, ele ergueu a espada e cortou a cabeça de Kagutsuchi. Porém, ele percebeu que matar o filho não o deixara mais feliz, a vingança não traria a esposa de volta. A única forma de trazer Izanami de volta era visitar o submundo, também conhecido como Yomi.

O deus desceu até o inferno e, lá, encontrou Izanami, esperando por ele. No entanto, ela não podia fugir do Yomi, pois já havia provado a comida daquele lugar.

Izanami pediu ao marido que não olhasse para ela, mas ele estava ansioso para vê-la novamente, então, acendeu uma tocha e a viu. Izanami já não se parecia com a mulher com quem ele havia se casado — agora, era um cadáver putrefato, comido por vermes. Horrorizado, Izanagi fugiu e Izanami ficou lá para sempre, tornando-se a deusa da morte e rainha do submundo.

Ao voltar para o mundo dos humanos, ainda assustado com o que acabara de ver, Izanagi lavou o rosto no rio Tachibana, em Himuka. Enquanto ele se purificava, nasceram mais três deuses, seus últimos filhos. A primeira foi a deusa do sol, Amaterasu; depois, o deus da lua, Tsukuyomi; e, finalmente, Susanoo, o deus do mar, das tempestades e das batalhas.

Embora os três filhos de Izanagi devessem governar juntos, a favorita do pai e a mais poderosa era Amaterasu, o que causava muitos problemas. Os irmãos nem sempre se davam bem, às vezes discutiam demais. Susanoo, o mais novo, era muito ciumento e aproveitava qualquer oportunidade para confrontar Amaterasu. Por isso, um dia, cansado de tantas brigas, o deus Izanagi o expulsou do céu.

Antes de partir, Susanoo foi se despedir de Amaterasu e, para mostrar que também era muito poderoso, a desafiou. Ele queria ver qual dos dois poderia criar mais espíritos da natureza, chamados kami. Amaterasu aceitou o desafio e pegou a espada celestial do irmão, enquanto ele tirou dela a grande joia. Amaterasu criou três espíritos com a espada; e Susanoo, cinco com a grande joia. No final, Amaterasu venceu, pois, embora tivesse criado menos espíritos, ela era a dona da grande joia, que mais havia criado. Susanoo ficou muito zangado, pois acreditava que sua irmã havia trapaceado e ele era o verdadeiro vencedor. Destruiu com sua raiva grande parte do céu e da terra.

Ele destruiu os campos de arroz com grandes inundações, encheu o palácio de Amaterasu de excrementos, matou seus animais e jogou os corpos deles por aí. Contudo, o que mais magoou Amaterasu foi que Susanoo jogou o cadáver de um pônei num de seus teares, e todas as moças que trabalhavam ali morreram.

Amaterasu se sentiu tão culpada pelo ocorrido e estava tão chateada com a morte das amigas que se trancou numa caverna conhecida como Amano Iwato, que significa "a caverna da rocha celestial".

> Para que ninguém pudesse tirá-la de lá, ela bloqueou
> a entrada com uma pedra gigantesca. Assim, com a
> deusa do sol escondida, o mundo ficou completamente
> escuro, e imediatamente o caos começou a reinar e
> chegou um inverno muito, muito longo.

Durante um ano inteiro, Amaterasu permaneceu fechada na caverna, chorando. Preocupados, os deuses decidiram que precisavam tirá-la da caverna ou o mundo seria destruído para sempre.

Eles organizaram uma grande festa com música e dança para chamar a atenção da deusa. Ao ouvir a alegria lá fora, a curiosidade tomou conta de Amaterasu, que olhou para fora, pronta para descobrir o que estava acontecendo. Sua luz, que era a do sol, foi refletida num espelho octogonal que os deuses haviam colocado na saída da caverna e iluminou novamente o mundo inteiro, afugentando a escuridão e o caos. O inverno finalmente acabou, a primavera chegou e, depois, veio o verão.

Desde então, Amaterasu vive no céu, que se chama Takama no Hara. Todos os dias, ela traz luz para o mundo dos humanos; mas, quando se zanga ou se entristece, ela pode se esconder novamente na caverna e a escuridão retorna.

—

Assim como seus pais, Amaterasu se casou com o irmão, o deus Tsukuyomi. Desde pequenos se davam muito bem e se amavam muito, protegendo um ao outro. Assim, por um tempo, a deusa do sol e o deus da lua foram muito felizes juntos e, unidos, governaram o céu. Um dia, tudo mudou: Amaterasu descobriu que seu querido irmão não era como ela imaginava, pois ele tinha um lado oculto.

Uke Mochi, a deusa da fertilidade e dos alimentos, convidou todos os deuses para celebrar um belo banquete. Naquele dia, Amaterasu estava muito ocupada e não pôde ir, por isso, ela pediu ao marido que fosse à festa e se divertisse por ela. Tsukuyomi aceitou.

Ao chegar lá, o deus da lua viu Uke Mochi preparando o delicioso banquete. A deusa criava os alimentos com o próprio corpo, tirava-os do nariz e os cuspia pela boca. De suas mandíbulas, saíam arroz, algas, peixes e também carne de animais caçados. Tsukuyomi achou isso tão nojento e horrível que matou Uke Mochi. De repente, outros alimentos começaram a surgir do cadáver: mais arroz saiu dos olhos de Uke Mochi e painço de suas orelhas; trigo apareceu em seus órgãos genitais; do nariz, saiu feijão; e, do reto, soja.

Quando Amaterasu descobriu que seu marido havia matado a deusa dos alimentos, ela se sentiu muito triste e decepcionada com ele.

Esse era um crime pelo qual ela não poderia perdoá-lo, por mais que o amasse, porque ele havia se mostrado muito cruel. Então, eles se separaram. É por isso que a deusa do sol e o deus da lua nunca se encontram no céu: Amaterasu governa o dia e ilumina o mundo com sua luz, mas foge assim que vê Tsukuyomi chegar, pois não quer estar com ele nunca mais.

—

Amaterasu é retratada como uma mulher jovem muito bonita, embora às vezes se transforme numa gigante raposa branca de nove caudas. Ela sempre veste uma túnica tradicional japonesa e carrega na mão um espelho octogonal, igual ao da entrada da caverna Amano Iwato.

Ela costuma aparecer sentada de costas para o irmão e marido, Tsukuyomi. Também pode estar acompanhada de animais, como os galos, que são os mensageiros do sol nascente, e os corvos, os mensageiros da deusa.

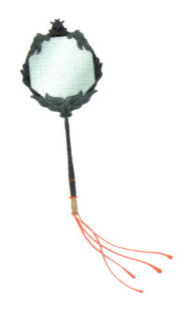

Assim como seus pais,
Amaterasu se casou com o irmão,
o deus Tsukuyomi. Desde pequenos
se davam muito bem e se amavam
muito, protegendo um ao outro.
Assim, por um tempo, a deusa do sol
e o deus da lua foram muito felizes
juntos e, unidos, eles governaram
o céu. Um dia, tudo mudou:
Amaterasu descobriu que seu querido
irmão não era como ela imaginava,
pois ele tinha um lado oculto.

SKADI

A VINGADORA

Skadi era a deusa do inverno, uma grande caçadora que sempre carregava consigo seu arco e flechas. Porém, antes de ser uma divindade, ela era uma simples giganta.

O pai dela era o gigante Tiazi e, juntos, viviam em Jotunheim, o mundo dos gigantes. Na mitologia nórdica, existiam nove mundos: cada um repousava sobre um galho da Yggdrasil, a árvore da vida. Assim, suas raízes e galhos mantinham separados e, ao mesmo tempo, unidos os diferentes mundos.

Acima, na copa da árvore, encontrava-se Asgard, o lar dos deuses. Ali, viviam os ases, que eram os deuses da espiritualidade e da guerra. Depois, vinha o Vanaheim, que era a casa dos vanir, os deuses relacionados com o mundo terreno: o mar, o vento, as florestas, a natureza... Mais abaixo, ficava Svartalfheim, onde viviam os elfos escuros. A seguir, Midgard, o mundo dos humanos. Em seguida, Alfheim, o lar dos elfos luminosos. Havia também Jotunheim, o mundo dos gigantes, e Muspelheim, o mundo dos gigantes do fogo.

Por fim, havia Nilfheim, o reino da escuridão e das trevas, um lugar onde fazia muito frio e tudo estava congelado. Na parte mais profunda e tenebrosa do Nilfheim ficava Helheim, o reino da morte. Para lá iam os criminosos e as pessoas que não haviam morrido na guerra, como os idosos e os doentes.

Os gigantes eram chamados Jotnar e eram criaturas enormes, que se dedicavam a ameaçar os humanos e a lutar contra os deuses de Asgard.

Apesar da inimizade entre deuses e gigantes, Skadi se casou com um deles: o deus Njord. Foi assim que ela se tornou uma deusa.

Tiazi, o pai de Skadi, queria capturar a deusa Iduna, que era a guardiã de maçãs muito especiais. Essas frutas faziam quem as comesse ficar mais jovem, mais forte e bonito; por isso eram protegidas e somente os deuses de Asgard podiam comê-las.

O gigante havia feito um pacto com Loki, um ser mitológico que se dedicava ao caos e à destruição, que o ajudaria a capturar Iduna e a roubar suas maçãs. Loki visitou Iduna na floresta de Brunnaker e disse a ela que, perto daquele lugar, havia uma árvore na qual cresciam maçãs semelhantes às dela.

Iduna quis ver se era verdade. Colocou suas maçãs numa tigela e foi até onde Loki havia indicado. Foi quando uma enorme águia se lançou em sua direção, prendendo-a com suas garras, e a levou, voando. Era Tiazi, que havia se transformado num pássaro.

Não demorou muito para que os deuses percebessem que Iduna havia desaparecido. Alguns viram-na pela última vez com Loki. O deus de todos os deuses, Odin, ordenou que ele a trouxesse de volta imediatamente.

Loki, no afã de causar confusão, após ter ajudado a sequestrar Iduna, elaborou um plano para resgatá-la. Ele pediu emprestadas as penas de falcão da deusa Freia e saiu voando para Trymheim, onde Tiazi e Skadi moravam.

Ao chegar a Trymheim, Iduna se transformou numa noz para que Loki pudesse capturá-la e levá-la com suas garras de volta para Asgard. Quando Tiazi viu Loki no céu com suas penas de falcão, ele imediatamente adivinhou o que tinha acontecido: ele havia levado Iduna.

O gigante se transformou novamente em águia e perseguiu Loki, mas, ao chegar às muralhas de Asgard, os deuses lançaram uma bola de fogo que atingiu Tiazi no peito. O gigante caiu no chão gravemente ferido e morreu.

Naquele momento, Skadi não estava em casa, mas caçando havia vários dias sem saber o que havia acontecido. Quando soube da morte do pai, ficou extremamente triste, mas rapidamente a dor desapareceu para dar lugar à raiva. Ela sabia que os deuses eram responsáveis pela morte dele, então, se preparou e foi esquiando até Asgard.

Os deuses receberam Skadi, surpresos pela visita. A giganta esclareceu que ela não havia ido para lá por um capricho, mas que vinha para pedir uma compensação pela morte do pai. Essa era sua vingança.

Odin, o deus de todos os deuses, achou que era um acordo justo e aceitou. Prometeu-lhe colocar os olhos do pai no céu, para que fizessem parte das lindas estrelas que iluminam a noite. No entanto, Skadi não ficou satisfeita. Ela queria algo mais.

Nesse momento, apareceu Loki. Ele achava que, se conseguisse fazer a giganta rir, sua raiva diminuiria e ela aceitaria qualquer recompensa que Odin oferecesse. Então, pôs as mãos à obra: amarrou-se com uma corda à barba de uma cabra, e os deuses puxaram cada um de um lado, fazendo-o gritar de dor. Loki caiu em cima de Skadi, e todos riram, inclusive ela.

Como Skadi parecia mais feliz, Odin lhe ofereceu um acordo muito melhor, pois não desejava enfurecê-la ainda mais. Disse que ela podia se casar com o deus que quisesse, com uma única condição: ela tinha que escolher seu futuro marido olhando unicamente para os pés dele. Os deuses se alinharam e Skadi passeou frente a eles, observando os pés de cada um. No final, escolheu pés muito bonitos e limpos, quase certa de que eram os do deus Balder, o mais belo de todos os deuses. Porém, quando ele levantou a cabeça, ela percebeu que não era Balder, mas sim Njord.

Njord pertencia aos vanir e era o deus do mar, da navegação, da pesca e das terras férteis. Ele protegia os navios que entravam e saíam do porto, bem como os marinheiros. Ele já havia sido casado com a própria irmã, Nerto, com quem teve dois filhos: os deuses Frei e Freia.

Embora ele não fosse o homem que ela esperava, Skadi e Njord se casaram e foram muito felizes juntos. Mas logo começaram os problemas. Skadi não conseguia dormir em Nóatún, o lar de Njord, porque ali o som das ondas e os gritos das gaivotas e das focas a acordavam. Ela pediu ao marido que se mudasse para Trymheim, o lugar onde ela sempre havia vivido com o pai. Njord não gostava daquelas montanhas, porque o estalo do gelo, o rugido das cachoeiras e o uivo dos lobos lhe causavam arrepios. Então, eles decidiram que teriam duas casas. Durante nove dias, viveriam em Nóatún e, nos outros nove dias, em Trymheim.

No entanto, Skadi e Njord tiveram que aceitar que nunca poderiam ficar juntos de verdade, por mais felizes que tivessem sido no início. Eles não gostavam das mesmas coisas, e aquele que tinha que passar um tempo no lar do outro se sentia muito triste. Skadi era a deusa do inverno, Njord representava o verão. Eles eram incompatíveis.

Enfim, se separaram. Skadi voltou para seu lar, onde ela era muito mais feliz, sendo a deusa do inverno e desfrutando do gelo enquanto esquiava pelas montanhas.

—

Depois de Skadi e Njord se separarem, os deuses de Asgard continuaram confiando nela. Por isso, pediram a sua ajuda quando tiveram que punir Loki pela morte de Balder.

Loki não era um deus, mas um ser da mitologia que se dedicava ao engodo e às mentiras. O que os deuses mais temiam não era que Loki fosse uma criatura muito irritante e que sempre se metesse em encrencas, mas que desencadeasse o Ragnarok. Todos sabiam disso — Ragnarok era a batalha do fim do mundo, uma guerra entre o bem e o mal. E muitos deuses morreriam nela.

Balder, o deus mais belo e amado, era filho de Odin e da deusa Frigga. Com medo de que alguém o machucasse, os pais fizeram todos os elementos prometerem que não lhe fariam mal, e eles aceitaram: as plantas, os metais, as pedras... Todos menos o visco. No entanto, era uma planta tão pequena que Odin e Frigga não se importaram muito com ela.

Um dia, os deuses decidiram brincar de atirar armas em Balder, já que não havia nada que pudesse machucá-lo. Era

Skadi e Njord tiveram
que aceitar que nunca poderiam ficar
juntos de verdade, por mais felizes
que tivessem sido no início.
Eles não gostavam das mesmas
coisas, e aquele que tinha que passar
um tempo no lar do outro se sentia
muito triste.

um jogo muito divertido, porque todos os objetos ricochetea-vam nele. Mas Loki estava com ciúmes porque todos ama-vam Balder. Ele fez uma flecha com visco e a entregou para Hoder. Hoder, irmão de Balder, era cego, por isso não viu que mataria o irmão ao acertá-lo com a flecha.

Embora Loki tenha fugido imediatamente, Odin e os outros deuses foram procurá-lo. Thor, o deus do trovão, capturou-o no rio, uma vez que Loki havia se transformado num salmão e tentara fugir nadando.

Loki recuperou sua aparência humana e foi preso numa ca-verna, amarrado com ferro. Odin pediu para Skadi puni-lo. E ela assim o fez. Skadi, a deusa do inverno, colocou uma ser-pente sobre a cabeça de Loki para que o veneno das presas do animal caísse diretamente em seu rosto e ele sofresse muito.

—

Por ser uma grande caçadora, Skadi é representada com um arco e uma aljava cheia de flechas. Ela usa esquis nos pés e está sempre acompanhada de um cão de caça que parece um lobo.

AGRADECIMENTOS

Esta escritora gostaria de agradecer às seguintes pessoas por sua ajuda e apoio incomensurável:

A meus pais. A meu irmão, que me fez o enorme favor de pegar emprestados os livros da biblioteca da faculdade para que eu pudesse fazer minha pesquisa, uma vez que, ao concluir meus estudos, vetaram-me o empréstimo bibliotecário. A minha prima Penélope, que contribuiu com ideias valiosíssimas sobre múltiplas deusas. Foi com ela, numa exposição sobre múmias egípcias, que eu conheci Tuéris.

A meu companheiro, Alejandro, por me aguentar durante os meses de pesquisa e escrita, mas, acima de tudo, por me amar tanto, por me encorajar sempre que desanimo e por ser meu refúgio. Também agradeço a ele por me fazer sentar no sofá para assistir à série *Moon Knight: Cavaleiro da Lua*.

A minhas amigas Cristina, María, Raquel, Noelia... Em especial a Ana, que esteve envolvida em todo o processo de pesquisa e que muito me ajudou com os livros que tinha à sua disposição, fornecendo-me informações. E a meus amigos Manuel e Antonio.

Este livro teria sido impossível sem eles, mas também sem todas as pessoas envolvidas no setor editorial. A Clara Rasero, por me recomendar. A IMC e a Jordi Ribolleda, meu agente editorial, um homem de muita paciência que suporta o insuportável em cada ligação e mesmo assim continua confiando em mim. Obrigada. A minha editora primordial, Eir Rovira, a alma deste precioso projeto. E a Ana Palou, minha editora, por me acolher de braços abertos e sem reservas, por amar tanto as deusas. A Naranjalidad, que ilustrou belissimamente este livro. E para todas as pessoas que trabalharam em *Divinas*: revisores, diagramadores e outros profissionais.

Agradeço à Alfaguara (Espanha) por me dar a oportunidade de fazer o que mais amo: escrever. Escrever sobre mulheres. Escrever para meninas que serão grandes mulheres. Espero ter ficado à altura.

E, por fim, obrigada a você, minha querida leitora, por ter me acompanhado em cada um dos mitos aqui narrados. Espero que você sempre encontre forças nestas histórias, espero que possa voltar a elas sempre que precisar. E espero que nos vejamos novamente em breve.

SOBRE A AUTORA

Andrea D. Morales nasceu em Sevilha em 1995. Estudou História na Universidade de Sevilha, especializando-se na Idade Média e, especificamente, em história de gênero em al-Andalus. Atualmente, trabalha como professora de documentação histórica na Academia de Literatura Juvenil para Escritores.

FONTES Maiola, Voir
PAPEL Alta Alvura 90 g/m²
IMPRESSÃO Santa Marta